Paid, Taid!

Argraffiad cyntaf: 2015
Ail argraffiad 2018

Dymuna'r cyhoeddwyr gydnabod cymorth ariannol Adran Addysg a Sgiliau (ADaS) Llywodraeth Cymru.

Ariennir yn Rhannol gan
Lywodraeth Cymru
Part Funded by
Welsh Government

Dylunio: Richard Ceri Jones

Rhif Llyfr Rhyngwladol: 978-1-78461-222-1

Cyhoeddwyd ac argraffwyd yng Nghymru
ar bapur o goedwigoedd cynaladwy gan
Y Lolfa Cyf., Talybont, Ceredigion SY24 5HE
gwefan www.ylolfa.com
e-bost ylolfa@ylolfa.com
ffôn 01970 832 304
ffacs 832 782

Cyfres Ned y Morwr 5

Paid, Taid!

Haf Llewelyn

Lluniau Valériane Leblond

y Lolfa

Dyma Taid.

Mae Ned a Moi Cnoi
yn y cwch.

Mae Taid eisiau mynd
i'r cwch hefyd.

Cwch bach ydy cwch Ned.
Oes lle i Taid?

Oes, siŵr.
Mae Taid wrth ei fodd.

Sblish, sblash.

Mae'r cwch bach ar y môr mawr.

Paid, Taid. Eistedd i lawr.
Paid, Taid. **Rhaid** i ti eistedd.

Ond mae Taid wrth ei fodd
yn y cwch.

Mae'r cwch yn siglo
i fyny ac i lawr.

Paid, Taid!

Rhaid i ti eistedd.

Mae'r cwch yn

siglo,

siglo.

Mae Taid yn

siglo,

siglo,

siglo.

Mae Taid yn
giglo,
giglo,
giglo!

O na!

Mae Taid yn y môr.

Mae Ned a Moi Cnoi yn
giglo, giglo, giglo!
Twt lol, Taid!

Geiriau ychwanegol Llyfr 5

hefyd	eisiau
siglo	Taid
giglo	oes lle
siŵr	wrth ei fodd
oes	rhaid
paid	eistedd
ti	